다른 옷은 입을 수가 없네

이해인 기도시집

다른 옷은 입을 수가 없네

열림원

'천사의 작은 신발을 마음으로 신어보며……'

자서 / 천사의 신발

내 책상 위에는 빨간 리본으로 동여맨 앙증스런 목각 신발 한 켤레가 있다. 어느 날 어머니가 "이번에 결혼하는 향이(조카)가 방 정리를 하며 내놓은 것인데 신발까지 세트로 있는 천사라서 꼭 수녀를 주고 싶거든" 하고 전화로 말씀하셨다. 그 천사 인형 때문에 조금은 흥분하신 것 같기도 했다.

천사는 나의 서가에 걸어두고 신발은 글방 책상 위에 두었는데 무심히 보아 넘기던 목각 신발에 차츰 눈길이 갔고, 볼 때마다 수도 생활하는 딸이 언제나 '천사의 마음'으로 착하게 살기를 원하시는 어머니의 모습이 떠올랐다.

"수녀님들은 언제 어디서나 '발 달린 천사' 노릇 해야 하는 것 알고 계시지요?" 하고 웃으며 이야기하는 어느 친지에게 "그래서 가끔은 고달프답니다" 하고 대답할 때도 문득 책상 위의 그 작은 목각 신발이 떠오르곤 했다.

아닌게아니라 사람들은 우리가 늘 기도의 명수, 사랑의 명수이길 바란다. 아무에게나 함부로 털어놓기 힘든 어둡고 아프고 슬픈 이야기도 우리에겐 마음놓고 쏟아놓으며 거듭거듭 기도를 부탁할 때가 많다. 많은 경우에 수녀는 늘 심부름 잘하는 세상의 천사이길 바라는 것 같다.

기도에 대한 많은 책을 읽고, 기도에 대해 많은 이야기를 하면서도 정작 깊이 기도하지 못했던 나 자신이 부끄럽다. 많은 사람들로부터 부탁받은 기도를 좀더 정성들여 하지 못한 것도 죄송하다.

살아가면서 믿음과 사랑과 희망이 엷어져서 괴롭게 여겨질 때, 한결같이 맑고 온유한 마음을 갖기 어려울 때, 천사의 신발을 신고 천사의 마음이 되어보리라. 아직은 끝나지 않은 사랑의 먼 길을 날아가듯 기쁘게 걸어가야겠다고 조용히 다짐하며 천사의 작은 신발을 마음으로 신어본다.

1999년 가을

이해인

봄

여름

가을

겨울

□발문
영혼의 순결한 밥과 국 · 정호승 · 195

봄

한 번뿐인 삶, 한 번뿐인 젊음을 열심히 뛰자
아직 조금 시간이 있는 동안
우리는 서로의 마음에 하늘빛 창을 달자

새해의 약속은 이렇게

또 한 해를 맞이하는 희망으로
새해의 약속은 이렇게 시작될 것입니다

'먼저 웃고
먼저 사랑하고
먼저 감사하자'

안팎으로 힘든 일이 많아
웃기 힘든 날들이지만
내가 먼저 웃을 수 있도록
웃는 연습부터 해야겠어요

우울하고 시무룩한 표정을 한 이들에게도
환한 웃음꽃을 피울 수 있도록
아침부터 밝은 마음 지니도록 애쓰겠습니다

때때로 성격과 견해 차이로
쉽게 친해지지 않는 이들에게
사소한 오해로 사이가 서먹해진 벗에게
내가 먼저 다가가 인사하렵니다

사랑은 움직이는 것
우두커니 앉아서 기다리기만 하는 것이 아니라
먼저 다가가는 노력의 열매가 사랑이니까요
상대가 나에게 해주기 바라는 것을
내가 먼저 다가가서 해주는
겸손한 용기가 사랑임을 믿으니까요
차 한 잔으로, 좋은 책으로, 대화로
내가 먼저 마음 문을 연다면
나를 피했던 이들조차 벗이 될 것입니다

습관적인 불평의 말이 나오려 할 땐
의식적으로 고마운 일부터 챙겨보는
성실함을 잃지 않겠습니다

평범한 삶에서 우러나오는 감사의 마음이야말로
삶을 아름답고 풍요롭게 가꾸어주는
소중한 밑거름이니까요
감사는 나를 살게 하는 힘
감사를 많이 할수록
행복도 커진다는 걸 모르지 않으면서

그동안 감사를 소홀히 했습니다

해 아래 사는 이의 기쁨으로
다시 새해를 맞으며 새롭게 다짐합니다
'먼저 웃고
먼저 사랑하고
먼저 감사하자'

그리하면 나의 삶은
평범하지만 진주처럼 영롱한
한 편의 시(詩)가 될 것입니다

새해 첫날의 소망

가만히 귀기울이면
첫눈 내리는 소리가
금방이라도 들려올 것 같은
하얀 새 달력 위에
그리고 내 마음 위에

바다 내음 풍겨오는
푸른 잉크를 찍어
희망이라고 씁니다

창문을 열고
오래 정들었던 겨울 나무를 향해
'한결같은 참을성과 고요함을 지닐 것'
이라고 푸른 목소리로 다짐합니다

세월은 부지런히
앞으로 가는데
나는 게으르게
뒤처지는 어리석음을
후회하고 후회하며

올려다본 하늘에는
둥근 해님이 환한 얼굴로
웃으라고 웃으라고
나를 재촉합니다

너무도 눈부신 햇살에
나는 눈을 못 뜨고
해님이 지어주는
기쁨의 새옷 한 벌
우울하고 초조해서 떨고 있는
불쌍한 나에게 입혀줍니다

노여움을 오래 품지 않는 온유함과
용서에 더디지 않은 겸손과
감사의 인사를 미루지 않는 슬기를 청하며
촛불을 켜는 새해 아침
나의 첫마음 또한
촛불만큼 뜨겁습니다

세상에 살아 있는 동안

어디서나 평화의 종을 치는
평화의 사람이 되어야겠다고
모든 이와 골고루 평화를 이루려면
좀더 낮아지는 연습을 해야겠다고
겸허히 두 손 모으는
나의 기도 또한 뜨겁습니다

진정 사랑하면
삶이 곧 빛이 되고 노래가 되는 것을
나날이 새롭게 배웁니다
욕심 없이 사랑하면
지식이 부족해도
지혜는 늘어나 삶에 힘이 생김을
체험으로 압니다

우리가 아직도 함께 살아서
서로의 안부를 궁금해하며 주고받는
평범하지만 뜻 깊은 새해 인사가
이렇듯 새롭고 소중한 것이군요
서로에게 더없이 다정하고

아름다운 선물이군요

이 땅의 모든 이를 향한
우리의 사랑도
오늘은
더욱 순결한 기도의 강으로
흐르게 해요, 우리

부디 올 한 해도
건강하게 웃으며
복을 짓고 복을 받는 새해 되라고
가족에게 이웃에게
만나는 모든 사람들에게
노래처럼 즐겁게 이야기해요, 우리

무지개 빛깔의 새해 엽서

빨강 ― 그 눈부신 열정의 빛깔로
새해에는
나의 가족, 친지, 이웃들을
더욱 진심으로 사랑하고
하느님과 자연과 주변의 사물
생명 있는 모든 것을 사랑하겠습니다
결점이 많아 마음에 안 드는 나 자신을
올바로 사랑하는 법을 배우렵니다

주황 ― 그 타오르는 환희의 빛깔로
새해에는
내게 오는 시간들을 성실하게 관리하고
내가 맡은 일들에는
인내와 정성과 책임을 다해
알찬 열매 맺도록 힘쓰겠습니다

노랑 ― 그 부드러운 평화의 빛깔로
새해에는
누구에게나 밝고 따스한 말씨
친절하고 온유한 말씨를 씀으로써

듣는 이를 행복하게 하는
지혜로운 매일을 가꾸어 가겠습니다

초록 ― 그 싱그러운 생명의 빛깔로
새해에는
크고 작은 어려움이 힘들게 하더라도
절망의 늪으로 빠지지 않고
초록빛 물감을 풀어 희망을 짜는
희망의 사람이 되겠습니다

파랑 ― 그 열려 있는 바다빛으로
새해에는
더욱 푸른 꿈과 소망을 키우고
이상을 넓혀가며
도전을 두려워하지 않는 용기로
삶의 바다를 힘차게 항해하는
부지런한 순례자가 되겠습니다

남색 ― 그 마르지 않는 잉크빛으로
새해에는

가슴 깊이 묻어둔 사랑의 말을 꺼내
편지를 쓰고, 일기를 쓰고
시를 쓰고, 그림을 그리며
사색의 뜰을 풍요롭게 가꾸는
창조적인 기쁨을 누리겠습니다

보라 — 그 은은한 신비의 빛깔로
새해에는
잃어버렸던 기도의 말을 다시 찾아
고운 설빔으로 차려입고
하루의 일과를 깊이 반성할 줄 알며
감사로 마무리하는 사람이 되겠습니다
내가 원하는 것을
다른 이에게 거듭 강요하기보다는
조용한 실천으로 먼저 깨어 있는
침묵의 사람이 되렵니다

새해 복 많이 받으세요!
빨 · 주 · 노 · 초 · 파 · 남 · 보
일곱 가지 무지개 빛깔로

새로운 결심을 꽃피우며
또 한 해의 길을
우리 함께 떠나기로 해요

눈 내리는 바닷가로

사랑하는 사람의 이름을
가장 순결한 마음으로
부르고 싶으면
눈 내리는 바닷가로 오십시오

가슴에 깊이 묻어둔
어떤 슬픔 하나
아직도 소리 내어
울지 못했으면
눈 내리는 바닷가로 오십시오

차가운 눈을 맞고
바다는 더욱 고요하고
따뜻해졌습니다

살아 있는 이들을 위해서는
하얀 웃음을
죽은 이들을 위해서는
하얀 눈물을 피우며
송이송이

바다에서 꽃이 되는 눈

어느 날 문득
흰 옷 입은 천사의
노래를 듣고 싶거든
죽는 날까지 짠 물 속에
겸손해지고 싶거든
눈 내리는 바닷가로 오십시오

첫눈 편지

1
차갑고도 따스하게
송이송이 시가 되어 내리는 눈
눈나라의 흰 평화는 눈이 부셔라

털어내면 그뿐
다신 달라붙지 않는
깨끗한 자유로움

가볍게 쌓여서
조용히 이루어내는
무게와 깊이

하얀 고집을 꺾고
끝내는 녹아버릴 줄도 아는
온유함이여

나도 그런 사랑을 해야겠네
그대가 하얀 눈사람으로
나를 기다리는 눈나라에서

하얗게 피어날 줄밖에 모르는
눈꽃처럼 그렇게 단순하고
순결한 사랑을 해야겠네

2
평생을 오들오들
떨기만 해서 가여웠던
해묵은 그리움도
포근히 눈밭에 눕혀놓고
하늘을 보고 싶네

어느 날 내가
지상의 모든 것과 작별하는 날도
눈이 내리면 좋으리

하얀 눈 속에 길게 누워
오래도록 사랑했던
신과 이웃을 위해
이기심의 짠맛은 다 빠진
맑고 투명한 물이 되어 흐를까

녹지 않는 꿈들일랑 얼음으로 남기고
누워서도 잠 못 드는
하얀 침묵으로 깨어 있을까

3
첫눈 위에
첫 그리움으로
내가 써보는 네 이름

맑고 순한 눈빛의 새 한 마리
나뭇가지에서 기침하며
나를 내려다본다

자꾸 쌓이는 눈 속에
네 이름은 고이 묻히고
사랑한다, 사랑한다
무수히 피어나는 눈꽃 속에

나 혼자 감당 못할
사랑의 말들은

내 가슴속으로 녹아 흐르고
나는 그대로
하얀 눈물이 되려는데

누구에게도 말 못할
한 방울의 피와 같은 아픔도
눈밭에 다 쏟아놓고 가라

부리 고운 저 분홍 가슴의 새는
자꾸 나를 재촉하고……

용서를 위한 기도

그 누구를 그 무엇을
용서하고 용서받기 어려울 때마다
십자가 위의 당신을 바라봅니다

가장 사랑하는 이들로부터
이유 없는 모욕과 멸시를 받고도
피 흘리는 십자가의 침묵으로
모든 이를 용서하신 주님

용서하지 않는 사랑은 사랑이 아니라고
용서는 구원이라고
오늘도 십자가 위에서
조용히 외치시는 주님

다른 이의 잘못을 용서하지 않기엔
죄가 많은 자신임을 모르지 않으면서
진정 용서하는 일은 왜 이리 힘든지요
제가 이미 용서했다고 생각했던 사람이
아직도 미운 모습으로 마음에 남아
저를 힘들게 할 때도 있고

깨끗이 용서받았다고 믿었던 일들이
어느새 어둠의 뿌리로 칭칭 감겨와
저를 괴롭힐 때도 있습니다
조금씩 이어지던 화해의 다리가
제 옹졸한 편견과 냉랭한 비겁함으로
끊어진 적도 많습니다

서로 용서가 안 되고 화해가 안 되면
혈관이 막힌 것 같은 답답함을 느끼면서도
늘 망설이고 미루는 저의 어리석음을
오늘도 꾸짖어주십시오
언제나 용서에 더디어
살아서도 죽음을 체험하는 어리석음을
온유하시고 겸손하신 주님
제가 다른 이를 용서할 땐 온유한 마음을
다른 이들로부터 용서를 받을 땐
겸손한 마음을 지니게 해주십시오

아무리 작은 잘못이라도
하루 해 지기 전에

진심으로 뉘우치고
먼저 용서를 청할 수 있는
겸손한 믿음과 용기를 주십시오

잔잔한 마음에 거센 풍랑이 일고
때로는 감당 못할 부끄러움에
눈물을 많이 흘리게 될지라도
끝까지 용서하고 용서받으며
사랑을 넓혀가는 삶의 길로
저를 이끌어주십시오, 주님

너무 엄청나서 차라리 피하고 싶던
당신의 그 사랑을 조금씩 닮고자
저도 이제 가파른 비탈길을 오르렵니다
피 흘리는 십자가의 사랑으로
모든 이를 끌어안은 당신과 함께
끝까지 용서함으로써만 가능한
희망의 길을 끝까지 가렵니다

오늘도 십자가 위에서 묵묵히

용서와 화해의 삶으로 저를 재촉하시며
가시에 찔리시는 주님
용서하고 용서받은 평화를
이웃과 나누라고 오늘도 저를 재촉하시는
자비로우신 주님

이젠 다시 사랑으로
— 사순절의 기도

아직은 빈손을 쳐들고 있는
3월의 나무들을 보면
누가 시키지 않아도
경건한 기도를 바치며
내가 나를 타이르고 싶습니다

죄도 없이 십자나무에 못박힌
그리스도의 모습을 기억하며
가슴 한켠에
슬픔의 가시가 박히는 계절
너무 죄가 많아 부끄러운 나를
매운 바람 속에 맡기고
모든 것을 향해
화해와 용서를 청하고 싶은
은총의 사순절입니다

호두껍질처럼 단단한 집 속에
자신을 숨겼던 죄인이지만
회심하기엔 너무 늦었다고
슬퍼하지 않으렵니다

다시 시작하기엔 너무 늦었다고
말하지 않으렵니다

우리 모두 나무처럼 고요히 서서
많은 말을 줄이고
주님의 목소리에
귀기울이게 해주십시오
나무처럼 깊숙이
믿음의 땅에 뿌리를 박고
세상을 끌어안되
속된 것을 멀리하는
맑은 지혜를 지니게 하십시오

매일의 삶 속에 일어나는
자신의 근심과 아픔은 잊어버리고
숨은 그림 찾듯이
이웃의 근심과 아픔을 찾아내어
도움의 손길을 펴는
넓은 사랑을 지니게 해주십시오
현란한 불꽃과 같은

죄의 유혹에서 도망치지 못하고
그럭저럭 살아온 날들,
기도를 게을리 하고도 정당화하며
보고, 듣고, 말하는 것에서
절제가 부족했던 시간들,
이웃에게 쉽게 화를 내며
참을성 없이 행동했던
지난날의 잘못에서
마음을 돌이키지도 않고
주님을 만나려고 했습니다

진정한 뉘우침도 없이
적당히 새날을 맞으려고 했던
나쁜 버릇을 용서하십시오

이젠 다시 사랑으로
회심할 때입니다

절망에서 희망으로
교만에서 겸손으로

불목에서 화해로
증오에서 용서로
새로운 길을 가야 하지만
주님의 도우심 없이는
항상 멀기만 한 길입니다

이젠 다시 사랑으로
마음을 넓히며
사랑의 길을 걷게 해주십시오

오직 사랑 때문에
피 흘리신 예수와 함께
오늘을 마지막인 듯이 깨어사는
봉헌의 기쁨으로
부활을 향한 사랑의 길을
끝까지 피 흘리며 가게 해주십시오

아직은 꽃이 피지 않은
3월의 나무들을 보면
누가 시키지 않아도 기도하며
보랏빛 참회의 편지를 쓰고 싶습니다

죽은 아기를 위하여

생명의 주인이신 주님
아기를 잃은 엄마들의
숯덩이 같은 슬픔을
당신께 봉헌하오니
자비를 베풀어주십시오

아기들의 울음소릴 들으며
밤낮으로 용서 청하는
엄마들의 눈물을
기도로 받아주십시오

피지도 못하고 죽은
우리 아기들은 이제
하늘나라에서 평화아기로
다시 태어난 것임을
믿어도 되지요?

엄마의 가슴에
별로 뜨는 천사가 되어
아기들은 말한답니다

엄마를 용서해요
엄마를 사랑해요
우리를 빚은 하느님이
사랑이시니까요.

우리는 어둠 속에
사라졌지만
빛 속에 태어날
세상의 아기들을
기쁘게 받아서 키워주세요
아기들은 소리 없이 말한답니다

아아
생명은 영원한 것
사랑은 진정
용서할 수밖에 없는 것

눈물꽃 피우는 엄마와 아기들이
서로를 바라보며
화해하게 해주십시오

조금씩 사랑을 키우며
기도 안에 하나된 눈물로
세상의 죄와 고통을
정화시킬 수 있도록
은총 베풀어주십시오

새롭게 사랑하기

― 자원 봉사자들을 위하여

우리는 늘 배웁니다
세상에는 우리가 찾아내서 할 일들이
생각보다 많이 숨어 있음을,
물방울처럼 작은 힘도 함께 모이면
깊고 큰 사랑의 바다를 이룰 수 있음을
오늘도 새롭게 배웁니다

우리는 늘 돕습니다
필요한 곳이면 어디든지 달려가는
어버이 마음, 친구의 마음, 연인의 마음으로
성실한 책임과 친절한 미소를 다해
하찮은 일도 보석으로 빛내는 도우미로
자신을 아름답게 갈고 닦으렵니다

우리는 늘 고마워합니다.
사랑으로 끌어안아야 할 우리 나라, 우리 겨레
우리 가족, 우리 이웃이 곁에 있음을,
가끔 잘못하고 실수하는 일이 있더라도
다시 시작할 수 있는 희망과 용기가
우리를 재촉하고 있음을 고마워합니다

우리는 늘 기뻐합니다
서로 참고, 이해하고, 신뢰하는 마음에만
활짝 열리는 사랑과 우정의 열매로
아름다운 변화가 일어나는 축복을,
서로가 서로에게 선물이 되는 은혜를
함께 기뻐합니다

우리는 늘 기도합니다
봉사라는 이름으로 오히려 사랑을 거스르고
다른 이에게 상처를 주는 걸림돌이 아니라
겸손한 디딤돌이 될 수 있기를 기도합니다
사랑에 대해서 말만 많이 하는 이론가가 아니라
묵묵히 행동이 앞서는 사랑의 실천가가 되도록
깨어 기도합니다

우리는 늘 행복합니다
혼자가 아니라 함께 걷는 이 길에서
메마름을 적시는 자비의 마음,
어둠을 밝히는 사랑의 손길이
더 많이 더 정성스럽게

빛을 밝히는 세상에 살고 있어 행복합니다
그래서 힘겨운 일들 우리에게 덮쳐와도
세상은 아직 아름답다고 노래하렵니다
이웃은 사랑스럽고, 우리도 소중하다고
겸허한 하늘빛 마음으로 노래하렵니다

모두 한마음으로 축복해주십시오
새롭게 사랑하는 기쁨으로
새롭게 선택한 사랑의 길을 끝까지 달려가
하얀 빛, 하얀 소금 되고 싶은 여기 우리들을……

부활절의 기도 1

당신이 안 계신 빈 무덤 앞에서
죽음 같은 절망과 슬픔으로
가슴이 미어지던 저에게
다시 살아오신 주님

이제 저도
당신과 함께 다시 살게 된
기쁨을 감사드립니다

시들지 않는 이 기쁨을
날마다 새롭게 가꾸겠습니다
혼자서만 지니지 않고
더 많은 이들과 나누겠습니다

빈 무덤에 갇혀 있던
오래된 그리움을 꺼내
꽃다발로 엮어 들고
당신을 뵈오러 뛰어가겠습니다

이토록 설레는 반가움으로

당신을 향해 달려가는 저에게서
지난날의 불안과 두려움의 돌덩이는
멀리 치워주십시오

죽음의 어둠을 넘어서
빛으로 살아오신 주님
산도 언덕도 나무도 풀포기도
당신을 반기며
알렐루야를 외치는 이날

다시 살아오신 당신께
살아 있는 저를 다시 바치오니
사랑으로 받아주소서
기쁨의 향유를 온 세상에 부으며
저도 큰소리로
알렐루야 알렐루야를 외치오리니······

부활절의 기도 2

돌무덤에 갇힌 침묵이
큰 빛으로 일어나
눈부신 봄
빛이 어둠을 이겼습니다
용서가 미움을 이겼습니다

슬픔과 절망으로
웃음 잃은 이들에겐
기쁨으로 오시는 분
분쟁으로 얼룩진 이 세상엔
평화로 오시는 분

산 위에 바다 위에 도시 위에
눈물 가득한 우리 영혼에
사무치는 그리움으로 빛나는
단 하나의 이름, 예수여
당신은 왜 그리 더디 오십니까

오오, 주님
생명이 죽음을 이겼습니다

이제는 살아야겠습니다
하루하루를 수난의 마지막 저녁처럼
부활의 첫 새벽처럼 살아야겠습니다
언제 어디서나 당신과 함께 죽어서
당신과 함께 살게 해주십시오
당신과 함께 어둠 속에 누워서
밝은 빛으로 일어나게 해주십시오

당신은 왜 자주 숨어 계십니까
좀더 일찍 알아뵙지 못했음을
용서하십시오

당신이 부활하신 세상에서
이제 거짓 사랑은 끝날 것입니다
삶을 지치게 하는
교만과 불신이 사라지고
겸손과 감사가 넘쳐 날 것입니다

우리 모두
이기심의 무덤을 빠져나와

어디든지 희망으로 달려가는
하늘빛 바람이 되게 해주십시오

오직 죽음을 이긴 사랑 하나로
새롭게 듣고 새롭게 말하고
새롭게 행동하는
부활의 사람들이 되게 해주십시오
님이 오시는 들길을 웃으며 달려가는
연초록 봄바람으로
깨어 있게 해주십시오

알렐루야 알렐루야……
사랑의 노래를 부르는 오늘

차를 마셔요, 우리

오래 사랑하는 법을 배우고 싶거든
차를 마셔요, 우리

찻잔을 사이에 두고
우리 마음에 끓어오르는
담백한 물빛 이야기를
큰 소리로 고백하지 않아도
익어서 더욱
향기로운 사람이 될 수 있도록
함께 차를 마셔요

오래 기뻐하는 법을 배우고 싶거든
차를 마셔요, 우리

마음의 창을 활짝 열고
산을 닮은 어진 눈빛과
바다를 닮은 푸른 지혜로
치우침 없는 중용을 익히면서
언제나 은은한 미소를 지닐 수 있도록
함께 차를 마셔요

오래 참고 기다리는 법을 배우고 싶거든
차를 마셔요, 우리

뜻대로만 되지 않는 세상 일들
혼자서 만들어 내는 쓸쓸함
남이 만들어 준 근심과 상처들을
단숨에 잊을 순 없어도
노여움을 품지 않을 수 있는
용기를 배우며 함께 차를 마셔요

차를 마시는 것은
사랑을 마시는 것
기쁨을 마시는 것
기다림을 마시는 것이라고
다시 이야기하는 동안
우리가 서로의 눈빛에서 확인하는
고마운 행복이여

조용히 차를 마시는 동안
세월은 강으로 흐르고

조금씩 욕심을 버려서
더욱 맑아진 우리의 가슴속에선
어느 날 혼을 흔드는
아름다운 피리 소리가 들려올 테지요?

5월의 성모님께

보이는 것도 들리는 것도
모두 초록빛 기도로 물이 드는 5월,
어머니를 부르는 저희 마음에도
초록의 숲이 열리고 바다가 열립니다

매일 걸어가는 삶의 길에서
마음이 어둡고 시름에 겨울 때
지친 발걸음으로 주저앉고 싶을 때
어서 들어오라고 저희를 초대하시는
'지혜의 문' 이신 어머니
새 천년의 삶을 준비하며
저희는 어머니가 열어주시는
그 문으로 들어가
살아가는 지혜를 다시 배우고 싶습니다
어떤 유혹에도 흔들림 없이
진리를 선택하고 진리를 따르는
지혜와 용기를 배우고 싶습니다

어둠을 비추는 별이 되라고
오늘도 조용히 저희를 부르시는

'바다의 별'이신 어머니
벼랑 끝으로 내몰린 위기에도
쉽게 쓰러지지 않고
캄캄한 절망 속에서도 살아남을 수 있는
믿음과 희망을 참을성 있게 키워
마침내는 한 점 별로 뜰 수 있도록
영원의 환한 빛으로 저희를 비추어주소서

어머니가 안 계신 삶은
저희에게 사막과도 같습니다
삶에 지치고 목마른 이들에겐
맑디맑은 물 한 모금 건네주시는
'겸손의 샘'이신 어머니
울고 싶어도 울 수 없는 메마름을
답답해하는 저희를 가엾이 여기시며
가끔은 저희 대신 눈물 흘리시는 어머니
막아내려 해도 끝없이 솟아오르는
이기심과 욕심, 불안과 불신을
조금씩 덜어내서 순수해진 마음에
물 흐르는 기도를 출렁이며

겸손으로 겸손으로 거듭나게 하소서

사랑은 주님의 이름으로 인사를 건네는 것
사랑은 언제라도 찾아나서는 기쁨임을
새롭게 가르쳐주시는 천상 어머니
엘리사벳에게 기쁜 걸음으로 달려가시듯
날마다 저희를 돕기 위해 달려오시는
길 위의 어머니
오늘의 세상과 오늘의 사람들을
먼저 찾고, 먼저 만나고, 먼저 돌보며
움직이는 사랑의 길이 될 수 있도록
저희를 재촉하소서
사랑이 낳아준 평화를 만민에게 전하는
평화의 길이 될 수 있도록
저희를 이끌어주소서

고통의 가시에서 향기로운 꽃을 피워낸
'신비로운 장미'이신 어머니
저희가 지닌 크고 작은 아픔들도
장미로 피워내는 믿음을 어머니께 청하며

오늘은 저희 모두 아름다운 장미를
기도의 꽃으로 바칩니다

하느님과 이웃을 향해
닫혀 있고 냉랭했던 저희 마음에
사랑의 뜨거운 심지를 돋우어
오늘은 당신께 촛불을 바칩니다
어머니를 닮은 사랑의 일생을 살고자
꺼짐 없이 타오르는 촛불을
약속의 기도로 봉헌합니다
가장 다정한 어머니의 이름을 부르며
저희 모두 하나 되는 아름다운 밤
어머니 덕분에 저희 또한
아름다운 사람으로 거듭나는 기쁨을
오늘은 더욱 새롭게
초록빛 마음으로 감사드립니다

부끄러운 고백

부끄럽지만
나는 아직 안구 기증
장기 기증을 못 했어요

죽으면 아무 느낌도 없어
상관이 없을 텐데
누군가 칼을 들어
나의 눈알을 빼고
장기를 도려내는 일이
미리부터 슬프고
끔찍하게 생각되거든요

죽어서라도
많은 이의 목숨을 구하는
좋은 기회를 놓쳐선 안 되겠지만
선뜻 나서지를 못하겠어요

'나는 살고 싶다'고
어느 날 도마 위에서
나를 올려다보던

생선 한 마리의
그 측은한 눈빛이

잊으려 해도
자꾸 나를 따라다니는
요즘이에요

슬픈 날의 편지

모랫벌에 박혀 있는
하얀 조가비처럼
내 마음속에 박혀 있는
정체를 알 수 없는
어떤 슬픔 하나
하도 오래되어 정든 슬픔 하나는
눈물로도 달랠 길 없고
그대의 따뜻한 말로도
위로가 되지 않습니다
내가 다른 이의 슬픔 속으로
깊이 들어갈 수 없듯이
그들도 나의 슬픔 속으로
깊이 들어올 수 없음을
담담히 받아들이며
지금은 그저
혼자만의 슬픔 속에 머무는 것이
참된 위로이며 기도입니다
슬픔은 오직
슬픔을 통해서만 치유된다는 믿음을
언제부터 지니게 되었는지

나도 잘 모르겠습니다
사랑하는 이여
항상 답답하시겠지만
오늘도 멀찍이서 지켜보며
좀더 기다려주십시오
이유 없이 거리를 두고
그대를 비켜가는 듯한 나를
끝까지 용서해달라는
이 터무니없음을 용서하십시오

5월의 편지
— 청소년들에게

해 아래 눈부신 5월의 나무들처럼
오늘도 키가 크고 마음이 크는 푸른 아이들아
이름을 부르는 순간부터
우리 마음밭에 희망의 씨를 뿌리며
환히 웃어주는 내일의 푸른 시인들아
너희가 기쁠 때엔 우리도 기쁘고
너희가 슬플 때엔 우리도 슬프단다
너희가 꿈을 꿀 땐 우리도 꿈을 꾸고
너희가 방황할 땐 우리도 길을 잃는단다
가끔은 세상이 원망스럽고 어른들이 미울 때라도
너희는 결코 어둠속으로 자신을 내던지지 말고
밝고, 지혜롭고, 꿋꿋하게 일어서다오
어리지만 든든한 우리의 길잡이가 되어다오
한 번뿐인 삶, 한 번뿐인 젊음을 열심히 뛰자
아직 조금 시간이 있는 동안
우리는 서로의 마음에 하늘빛 창을 달자
너희를 사랑하는 우리 마음에도
더 깊게, 더 푸르게 5월의 풀물이 드는 거
너희도 알고 있니? 정말 사랑해

누가 나를 위해

누가 나를 위해
조용하고도 뜨겁게
기도를 하나보다
오래 메마르던
시의 샘에
오늘은 물이 고이는 걸 보면

누군가 나를 위해
먼 데서도 가까이
사랑의 기(氣)를 넣어주나보다
힘들었던 일도 가벼워지고
힘들었던 사람에게도
먼저 미소할 수 있는
넉넉한 마음으로
내가 달라지는 걸
내가 느끼는 걸 보면

여름

내 몸에 내 혼에
푸른 물이 깊이 들어
이제
다른 옷은
입을 수가 없네

다른 옷은 입을 수가 없네

"하늘에도
연못이 있네"
소리치다
깨어난 아침

창문을 열고
다시 올려다본 하늘
꿈에 본 하늘이
하도 반가워

나는 그만
그 하늘에 빠지고 말았네

내 몸에 내 혼에
푸른 물이 깊이 들어
이제
다른 옷은
입을 수가 없네

우리를 흔들어 깨우소서

어디서나 산이 보이고 강이 보이는
작지만 사랑스런 나라
우리가 태어나 언젠가 다시 묻혀야 할
이 아름다운 모국의 땅에서
우린 늘 아름다운 것을 기억하며
아름답게 살고 싶습니다
이 소박한 꿈이 헛되지 않도록
우리를 긴 잠에서 흔들어 깨우소서, 주님
또 한 해가 저물기 전에 두 손 모으고
겸허한 참회의 눈물을 흘릴 줄 알게 하소서

나라의 일꾼으로 뽑힌 사람들이
거짓과 속임수를 쓰며
욕심에 눈이 어두운 세상
자식이 어버이를 죽이고
제자가 스승을 때리며
길을 가던 이들이 무참히 살해당하는
우리의 병든 세상을 불쌍히 여기소서

자신의 편리를 위해 자연을 훼손하고

그럴듯한 이유로 합리화시키며
잉태된 아기를 수없이 죽이면서도
해 아래 웃고 사는 우리의 태연함을
가엾이 여기소서

한 주검을 깊이 애도하기도 전에
또 다른 주검이 보도되는 비극에도
적당히 무디어진 마음들이 부끄럽습니다
하늘에서, 땅에서, 강에서, 바다에서
불의의 사고로 목숨을 잃은
우리 가족과 이웃들을 굽어보소서

잘못된 것은 다 남의 탓이라고만 했습니다
"주님, 저는 아니겠지요?"라고
비겁하게 발뺌할 궁리만 했습니다

자신의 아픔과 슬픔은
하찮은 것에도 그리 민감하면서
다른 사람의 엄청난 아픔과 슬픔엔
안일한 방관자였음을 용서하소서

우리가 배불리 먹는 동안
세상엔 아직 굶주리는 이웃 있음을
따뜻한 잠자리에 머무는 동안
추위에 떨며 울고 있는 이들 있음을
잠시도 잊지 않게 하소서

사랑에 대해서 말하기보다
먼저 사랑을 실천할 수 있도록
생명에 대해서 말하기보다
먼저 생명을 존중할 수 있도록
우리 모두를 변화시켜 주소서, 주님
항상 생명의 맑은 물로 흘러야 할 우리가
흐르지 않아 썩은 냄새 풍기는
오만과 방종으로 더럽혀지지 않게 하소서
사랑이 샘솟아야 할 우리 가정이
미움과 이기심으로 무너져 내리지 않게 하소서

나 아닌 그 누군가가
먼저 나서서 해주길 바라고 미루는
사랑과 평화의 밭을 일구는 일

비록 힘들더라도
나의 몫으로 받아들이게 하소서
처음부터 다시 시작해야 할
참됨과 선함과 아름다움의 집을
내가 먼저 짓기 시작하여
더 많은 이웃을 불러모으게 하소서
지워지지 않는 그리움을 가슴에 묻고
나직이 죽은 이를 불러보는 낙엽의 계절
우리는 이제 뉘우침의 눈물을 닦고
희망의 첫 삽에 기도를 담습니다, 주님

바다에서 쓴 편지

짜디짠 소금물로
내 안에 출렁이는
나의 하느님
오늘은 바다에 누워
푸르디푸른 교향곡을
들려주시는 하느님

당신을 보면
내가 살고 싶습니다
당신을 보면
내가 죽고 싶습니다

가까운 이들에게조차
당신을 맛보게 하는 일이
하도 어려워
살아갈수록 나의 기도는
소금맛을 잃어갑니다

필요할 때만 찾아 쓰고
이내 잊어버리는

찬장 속의 소금쯤으로나
당신을 생각하는
많은 이들 사이에서
나의 노래는 종종 희망을 잃고
어찌할 바를 모릅니다

제발
안 보이는 깊은 곳으로만
가라앉아 계시지 말고
더욱 짜디짠
사랑의 바다로 일어서십시오
이 세상을
희망의 소금물로 출렁이십시오

주일 노래

오늘은 해의 날
해를 지으신 당신을 기억하며
새 마음으로
새 옷을 입습니다

숨차게 달려오던
발걸음을 멈추고
고단한 일손을 멈추고
바쁘다는 탄식도 오늘은
고요히 접어둡니다

진정 사랑하면
눈도 마음도
밝아진다고 하셨지요?
좀더 밝아지기 위하여
오늘은 쉬면서
침묵 속으로 들어갑니다

기도를 첫 자리에 두는 지혜를
새롭게 배우는 주일

누군가를 위로하는 작은 천사 되라고
즐겁게 나를 재촉하는 주일

수도원 종소리에
새들도 잠시 앉아 기도하고
솔숲 사이로 보이는 동백꽃 웃음에
내 마음도 덩달아 환해지는
은총의 주일이여

아름다운 기도

당신 앞엔
많은 말이 필요없겠지요, 하느님

그래도
기쁠 때엔
말이 좀더 많아지고
슬플 때엔
말이 적어집니다

어쩌다 한 번씩
마음의 문 크게 열고
큰 소리로
웃어보는 것

가슴 밑바닥까지
강물이 넘치도록
울어보는 것

이 또한
아름다운 기도라고

생각합니다

그렇게 믿어도
괜찮겠지요?

소녀들에게

헤어지고 나면
금방 다시 보고 싶은 그리움으로
너희의 고운 이름을 불러본다

마음이 답답할 때면
죄없이 맑아서 좋은
너희의 목소리를 그리워하며
하루의 창을 연다

진정 너희가 살아 있어
세상은 아직
향기로운 꽃밭임을 믿으며
희망의 꽃삽을 든다

혼돈과 불안의 시대를 살면서
자주 믿음이 흔들리다가도
너희를 생각하면
마음이 든든하고 부드러워진단다
작은 일에도 감동하고 눈물 흘릴 줄 아는
따뜻함을 다시 배운단다

아직은 어둠을 모르는
그 밝은 웃음과 순결한 눈빛으로
부디 우리에게 힘이 되어다오

지혜와 성실의 기름으로
등불을 밝히고 우리를 이끄는
작은 길잡이가 되어다오
진리를 향한 발걸음을 멈추지 말고
마침내는 선이 승리하는
아름다운 세상을 열어가는
푸른 힘이 되어다오

사랑하는 소녀들아
밤하늘의 별들처럼
먼 데서도 우리를 비추어주는 너희
항상 꿈을 잃지 않는 너희가 있어
오늘도 기쁘단다, 우리는
새롭게 길을 간단다, 우리는

집을 위한 노래

1
여행길에서
집에 돌아올 때마다
나는 다시 태어난다

별이 내리는 저녁
내가 끌고오는
나의 그림자도
낯선 듯 반갑고
방문을 열면
누군가 꽂아놓은
분홍 패랭이꽃 몇 송이
꽃술을 흔들며 웃는다

한동안 잊고 살았던
책장 속의 책들도
손 흔들며 인사하는 나의 방

지친 몸을
침대에 눕히고

두 눈을 감으면
사는 게 고마워서
눈물이 난다
잘못한 게 많지만 천사가 되고 싶은
야무진 꿈 하나
가슴 깊이 심는다

2
이사를 자주 다녔던 어린 시절
《집 없는 소녀》를 밤새워 읽으며
많이 울었다
조금씩 자라면서 나는
넓은 집이 되려 했다

생각이 짧고
마음 좁은 나지만
많은 이가 들어와 쉴 수 있는
따뜻한 집 한 채 되고 싶었다

더 이상 하늘을 두려워하지 않고

서로를 듣지 않으며
모진 말로 나를 외롭게 하는 이도
새롭게 이해하고 용서하며
웃음으로 받아들이는 연습을
오늘도 계속하는데……

진정 다른 이들을 향하여
활짝 열린 집이 될 수 있을까?
내게 묻는 순간부터
조금씩 흔들리기 시작한다
나를 모르는 내가 불안하여
잠시 하늘을 본다

3
땅속의 집은 어둡고 답답할 텐데
나 혼자 외로워서 어떡하지?

오늘처럼 비오는 날
이미 땅속에 묻혀 있는
그대의 마지막 말을 기억한다

언젠가는 우리 모두
돌아가야 할 땅속의 집
별이 없어도 흙냄새 정답고
돌과 이끼 그득한
창문 없는 집

그 집에 들어가 울지 않으려면
땅 위의 이 집에서
많이 웃고 즐겁게 살라고
그대가 속삭이는 말을
나는 분명 들었지

뜻없이 외우는 기도보다는
슬픔도 괴로움도 견디면서
들풀처럼 열심히
오늘을 살아내는 일이
더 힘찬 기도가 된다고
비에 젖은 채로 속삭이는
그대의 목소리를
나는 울면서 들었지

합창을 할 때처럼

합창을 할 때처럼
오늘도 저에게
새날을 주시니 감사합니다
삶의 무대 위에 다시 한번
저를 세워주시니 감사합니다

합창을 할 때처럼
이기심을 버리고
절제하는 기쁨으로
매일을 살게 해주십시오

합창을 할 때처럼
다른 사람들을 존경하고
그들의 소리와 행동에 귀기울이는
사랑의 인내를 실천하게 해주십시오

합창을 할 때처럼
틈새의 침묵을 맛들이면서
때를 기다릴 줄 아는
겸손을 배우게 해주십시오

그리고 무엇보다
즐겁게 노래하는 마음으로
삶의 길을 걷게 해주십시오

음악인들을 위하여

사계절 내내
음악을 이야기하면서도
우리는 지칠 줄 모르는
음악의 사람들이었습니다

우리에게 음악은
서로의 마음을 이어주는
희망의 언어였으며
세상과 이웃을 향해
하고 싶은 말들을 대신해주는
사랑의 편지였습니다
기쁠 때나 슬플 때나
한결같이 함께 해주는
충실한 벗이었으며
피곤한 발걸음으로 문을 두드리면
가장 따뜻하게 반겨주는
고향의 집이었습니다

퍼내고 퍼내도 마르지 않는
샘물을 마시듯이 음악을 마시며

힘들 때도 행복했습니다

음악 안에서
음악과 함께
음악을 향해 살고 싶은 마음은
깊고 넓은 바다로 열리고

이 바다로 떠오르는 푸른 별 하나
음악은 영원하다고
환히 웃으며 길을 밝혀줍니다

음악은 기쁨
음악은 평화
음악은 기도

음악으로 난 길을
끝까지 새롭게 '첫마음'으로 걷다보면
언젠가는 우리 또한
존재 자체로
아름다운 음악이 되겠지요?

믿으면 되리라
오늘도 노래하며
즐겁게 길을 갑니다

겟세마니에서

죄를 많이 지어
부끄러움뿐인 제가
땅에 엎디어 울 수도 없는
돌이 되어 서 있음을
용서하십시오

부드러운 올리브나무 잎새로
가늘게 들려오는 당신의 신음소리

십자가에 못 박혀
피 흘리고 피 흘리신
당신의 그 처절한 괴로움으로부터
늘 멀리 달아나고자 했습니다

당신을 섬기면서도
당신의 길을 따르기는
쉽지 않았던 세월을 돌아보며
오늘도 그저
스쳐 지나가는 바람으로나
당신 곁에 머무르려는 저를
용서하십시오

나의 예수를

삶에 지치고
아픈 사람들이
툭하면 내게 와서 묻는다
예수가 어디에 계시냐고
찾아도 아니 보인다고

오랜 세월
예수를 사랑하면서도
시원한 답을 줄 수 없어
답답한 나는 목이 메인다

예수의 마음이 닿는
마음마다 눈물을 흘렸으며
예수의 발길이 닿는 곳마다
사랑의 불길이 타올랐음을
보고 듣고 알면서도
믿지는 못하는 걸까

그는 오늘도
소리 없이 움직이는 순례자

멈추지 않고 걸어다니는
사랑의 집

나의 예수를 어떻게 설명할까
말보다 강한 사랑의 삶을
나는 어떻게 보여주어
예수를 믿게 할까

갈릴리 호수에서

하늘이 호수 같고
호수가 하늘 같은
6월 어느 날
어부의 배를 타고
물 속을 들여다봅니다

갈릴리 호수보다
더 깊고 넓은 사랑으로
세상과 사람을 껴안았던
예수의 그 얼굴을 찾아보려고
이마를 적십니다

그물을 치던 제자들을
나직이 부르시던 당신의 음성이
오늘은 이토록 푸른 호수가 되어
내 안에 출렁입니다

더 이상 자신 안에 갇히지 말고
넓고 깊은 사랑의 호수에서
마음껏 뛰어노는

한 마리의 물고기가 되라고
당신은 나를 부르십니다

여름 편지

.

1
움직이지 않아도
태양이 우리를 못 견디게 만드는
여름이 오면, 친구야
우리도 서로 더욱
뜨겁게 사랑하며
기쁨으로 타오르는
작은 햇덩이가 되자고 했지?

산에 오르지 않아도
신록의 숲이 마음에 들어차는
여름이 오면, 친구야
우리도 묵묵히 기도하며
이웃에게 그늘을 드리우는
한 그루의 나무가 되자고 했지?

바닷가에 나가지 않아도
파도소리가 마음을 흔드는
여름이 오면, 친구야
우리도 탁 트인 희망과 용서로

매일을 출렁이는
작은 바다가 되자고 했지?

여름을 좋아해서
여름을 닮아가는 초록빛 친구야
멀리 떠나지 않고서도
삶을 즐기는 법을 너는 알고 있구나
너의 싱싱한 기쁨으로
나를 더욱 살고 싶게 만드는
그윽한 눈빛의 고마운 친구야

2
잔디밭에 떨어진
백합 한 송이
가슴이 작은 새가
살짝 흘리고 간
하얀 깃털 한 개
이들을 내려다보는
느티나무의 미소
그리고

내 마음의 하늘에 떠다니는
그리움의 흰구름 한 조각에
삶이 뜨겁네

3
바람 한 점 머물지 않고
몸도 마음도
땡볕에 타는 여름
땀에 절어
소금기는 다 빠져버린
나의 무기력한 일상을
높은 데서 내려다보며
매미, 쓰르라미는
참 오래도 우는구나
너무 힘들어 쉬고 있는
나의 의무적인 기도를
즐겁게즐겁게
대신 노래해주는구나

어둠 속에서

불을 끄고
혼자서 누워보는
내 방의 어둔 바다

아무도 오지 않는
적막한 어둠 속에
나는 비로소
눈이 밝아지고
아무도 말을 건네오지 않는
깊은 침묵 속에
나는 할말이 많은
섬으로 떠오르네

고독한 바람
어쩌다 휘몰아쳐도
끝까지 견디어낼 힘을
어둠 속에 기르는
한밤의 이 기쁜 섬

저희도 오르게 하소서
— 성모승천 축일에, 1999년 8월

하늘에 올림받으신 어머니
순교자의 붉은 피 스며 있는 이 땅에서
8월의 푸른 하늘 우러러 불러보는
어머니의 그 이름은 사랑입니다
늘 저희를 앞질러 사랑하시는 어머니께
저희도 사랑으로 봉헌합니다
뜨겁게 사랑할 수밖에 없는 우리 나라
우리 겨레, 우리 교회, 우리 이웃,
우리 자신들을 살아 있는 기도로 봉헌합니다

분열과 전쟁이 끊이지 않는 오늘
선보다 악이 꽃을 피워 괴로운 오늘
많은 사람들이 믿음의 중심을 잃고
끝없이 방황하는 오늘의 세상에서
어떻게 기도해야 할지 할 말을 잃은 저희에게
영적인 지혜를 밝혀주시고
타는 목마름을 적셔주소서
마음이 답답하고 쓸쓸할 때
간절한 그리움으로 불러보는
어머니의 그 이름은 평화입니다

거룩한 새 천년의 하늘을 향해
저희도 어머니와 함께 오르게 하소서
절망에서 희망으로
미움에서 사랑으로 오르게 하소서
불신에서 믿음으로
교만에서 겸손으로 오르게 하소서
눈먼 욕심과 죄의 어둠을
순수의 불꽃으로 사르고
날마다 새롭게 변화되면서
지상에서도 이미 하늘나라를 사는
영원한 기쁨을 누리게 하소서
오늘도 회개의 맑은 눈물 흘리라고
목마른 예수께 물 한 잔 드리라고
조용히 저희를 부르시는
어머니의 그 이름은 푸른 하늘입니다

남과 북의 한겨레가

곰팡이 냄새 가득한
우울한 이야기들로
잠이 오지 않던 장마철
단물도 향기도
다 빠져버린 과일처럼
맛이 없던 일상의 시간들을
햇볕에 널어야겠습니다

8월엔 우리 모두
해 아래 가슴이 타는
한 그루 해바라기로 서서
주님을 부르게 하소서

그리움조차 감춰두고
오랜 나날 헤어져 산
남과 북의 한겨레가
같은 땅을 딛고
같은 하늘 우러르며
하나된 나라에서 살게 하소서
절망했던 만큼의 희망을

큰 나무로 키우며
사랑의 삽질을 계속하게 하소서
하나되기 위한 진통을
두려워하지 않게 하소서

용서의 어진 눈빛과
화해의 맑은 마음으로
함께 바라보는 산천이
더욱 아름다운 곳

어머니 나라의 평화
하나된 겨레의 기쁨
꼭 이루어내게 하소서

8월엔 우리 모두
기다림에 가슴이 타는
한 그루 해바라기로 서서
주님을 부르오니

작은 노래

어느 날 비로소
큰 숲을 이루게 될 묘목들
넓은 하늘로의 비상을 꿈꾸며
갓 태어난 어린 새들

어른이 되기엔 아직도 먼
눈이 맑은 어린이
한 편의 시가 되기 위해
내 안에
민들레처럼 날아다니는
조그만 이야기들
더 높은 사랑에 이르기 위해선
누구도 어쩔 수 없는
조그만 슬픔과 괴로움

목표에 도달하기 전
완성되기 이전의 작은 것들은
늘 순수하고 겸허해서
마음이 끌리는 걸까

크지 않다는 이유만으로도
눈물이 날 만큼 아름다운 것들의
숨은 힘을 사랑하며
날마다 새롭게
착해지고 싶다

풀잎처럼 내 안에 흔들리는
조그만 생각들을 쓰다듬으며
욕심과 미움을 모르는
작은 사람들이 많이 사는
행복한 나라를 꿈꾸어본다

작은 것을 아끼고 그리워하는 마음을
보이지 않게 심어주신
나의 하느님을 생각한다
내게 처음으로 작은 미소를 건네며
작은 것의 소중함을 일깨워준
가장 겸허한 친구의 목소리를
다시 듣고 싶다

내 기도의 말은

수화기 들고
긴 말 안 해도
금방 마음이 통하는
연인들의 통화처럼

너무 오래된
내 기도의 말은
단순하고 따스하다

뜨겁지 않아도
두렵지 않다

끊고 나면
늘 아쉬움이
가슴에 남는 통화처럼
일생을 되풀이하는
내 기도의 말 또한

부족하고 안타까운
하나의 그리움일 뿐
끝없는 목마름일 뿐

어떤 기도

적어도 하루에
여섯 번은 감사하자고
예쁜 공책에 적었다

하늘을 보는 것
바다를 보는 것
숲을 보는 것만으로도
고마운 기쁨이라고
그래서 새롭게
노래하자고……

먼 길을 함께 갈 벗이 있음은
얼마나 고마운 일인가
기쁜 일이 있으면
기뻐서 감사하고
슬픈 일이 있으면
슬픔 중에도 감사하자고
그러면 다시 새 힘이 생긴다고
내 마음의 공책에
오늘도 다시 쓴다

미리 쓰는 유서

소나무 가득한 솔숲에
솔방울 묻듯이 나를 묻어주세요

묘비엔 관례대로
언제 태어나고
언제 수녀되고
언제 죽었는가
단 세 마디로 요약이 될 삶이지만

'민들레의 영토'에서
행복하게 살았다고
남은 이들 마음속에
기억되길 바랍니다

영정 사진은
너무 엄숙하지 않은 걸로
조금의 웃음이 깃든 걸로
놓아주세요

시를 쓰지 않아도 되는 지금

나는 이제 진짜 시가 되었다고
믿고 싶어요
갚을 길 없는 사랑의 빚은
그대로 두고 감을 용서하셔요

생각보다 빨리
나를 잊어도 좋아요
부탁 따로 안 해도 그리 되겠지요

수녀원의 종소리
하늘과 구름과 바다와 새
눈부신 햇빛이
조금은 그리울 것 같군요

그동안 받은 사랑
진정 고마웠습니다

성모님과 함께 2

루가 1 : 39~56

늘 새롭게 떠나야만 거듭나는
삶의 여정에서, 주님
저희는 성모님과 함께
길을 가게 해주십시오

엘리사벳에게 기쁨으로 달려가던
성모님처럼 저희도
마지못해서가 아니라
설레는 마음과 걸음으로
사랑을 기다리는 이웃을 향해
뛰어가게 해주십시오

늘 새롭게 손님을 맞이하며
성숙해가는 삶의 여정에서, 주님
저희도 엘리사벳처럼
환호하는 음성과 반가움으로
만나는 이들에게마다
진심어린 사랑의 인사를
건넬 수 있게 해주십시오
성령의 사랑 안에

이루어진 인연들을 놀라워하고
고마운 선물로 받아 안을 수 있는
은총의 나날이 되게 해주십시오

믿음의 복된 여인
마리아와 엘리사벳처럼
저희도 더욱
믿음을 키워가겠습니다
사랑의 약속을 새롭게 하고
새롭게 살아가는
행복한 사람들이 되겠습니다

오늘은 성모님과 함께
가장 겸허한 마음으로
영혼의 찬가를 부르게 해주십시오

의심의 안개를 걷어내고
확신에 찬 믿음으로
두려움의 먹구름을 몰아내고
신뢰에 찬 희망으로

주님을 찬미하게 해주십시오
무딘 마음 없애고
설레임 가득한 희망으로
모진 마음 없애고
자비심 가득한 넉넉함으로
주님을 찬미하게 해주십시오

마니피캇(Magnificat)을 부르는 동안
저희 가슴속엔
초록빛 별들이 쏟아집니다
천사의 웃음소리가 들려옵니다
성모님은 부드러운 손길로
저희 곁에서 촛불을 밝혀주십니다

늘 새롭게 떠나야 거듭나는
삶의 여정에서, 주님
저희는 성모님과 함께
길을 가게 해주십시오
미루지 않고 사랑을
시작하게 해주십시오

가을

꽃이 진 자리마다
열매를 키워놓고
햇빛과 손잡는
눈부신 바람이 있어
가을을 사네

안녕히 가십시오
― 추모시

언젠가 오리라
예상을 했지만
당신과의 영원한 이별은
깊은 슬픔입니다

사랑이 너무 많아
잠시도 쉴 틈 없이 고달파도
누구보다 행복했던
마더 데레사

메마른 세상 곳곳
사랑의 샘을 만들고
인종과 이념의 벽을 넘어
누구에게나 평화의 어머니가 되셨던
마더 데레사

당신이 그토록 사랑했던
사랑의 예수와 함께
이젠 하늘 나라에서
모든 시름 잊으시고

편히 쉬십시오

반세기 동안
당신이 뿌려 놓은
사랑과 희망의 씨앗들은
당신을 따르는 선교회 수녀들과
당신을 기리는 이들의 삶을 통해
길이 꽃피고 열매를 맺을 것입니다

겸손과 신뢰가 출렁이던
당신의 푸른 눈을 들여다 보고
오래된 나무처럼 투박했던 당신의 두손 잡고
이기심과 욕심을 부끄러워하며
맑고 순한 기쁨만 가슴에 가득한
만남의 순간들을 항상 기억하렵니다

서로 사랑하라는
당신의 그 마지막 말씀을
다시 삶의 지표로 세우고
끝까지 가야 할 사랑의 길을

우리도 기쁘게 달려가겠습니다

사랑하는 어머니
안녕히 가십시오

쓸쓸한 날만 당신을

기쁜 날보다는
쓸쓸한 날만
당신을 찾는 저를
용서하십시오, 주님

살아온 날들의 부끄러움이
노오란 수세미꽃으로
마음의 벽을 타고 오르는 날

가까운 이들로부터
따돌림받는 느낌을
지울 수가 없는 날

사랑의 충고보다는
가시 돋힌 비난의 말들로
조금은 상처를 받는 날······

제 마음은
하늘 바다에
고요한 섬으로 떠서

눈물을 흘립니다

어느 때보다도
맑고 겸허한 기도를
구름으로 피워올립니다

쓸쓸한 날이 꼭 필요함을
새롭게 알려주시는
저의 노래이신 주님……

고해성사

신부님
다시 용서하십시오

늘 겉도는 말로
죄 아닌 죄를 고백하는
저의 위선을
용서하십시오

그래도
저는 착하다고
깨끗하다고
믿어왔지만

이 안에 들어오면
앞이 캄캄해집니다

이 순간이 마지막이라 여기고
잘못을 고백할 수 있는
용기를 구합니다
죄를 고백하는 부끄러움을

사랑할 수 있는 겸손을 구합니다

채 표현이 안 된
제 마음속 깊은 죄도
용서해주십시오

오늘도 어둠 속에서
얼굴을 붉히는 제게
신부님
당신의 사죄경은
위로가 됩니다

같은 잘못
반복 안 하고 살도록
강복해주십시오, 신부님

가을바람

숲과 바다를 흔들다가
이제는 내 안에 들어와
나를 깨우는 바람
꽃이 진 자리마다
열매를 키워놓고
햇빛과 손잡는
눈부신 바람이 있어
가을을 사네

바람이 싣고 오는
쓸쓸함으로
나를 길들이면
가까운 이들과의
눈물겨운 이별도
견뎌낼 수 있으리

세상에서 할 수 있는
사랑과 기도의
아름다운 말
향기로운 모든 말

깊이 접어두고
침묵으로 침묵으로
나를 내려가게 하는
가을 바람이여

하늘 길에 떠가는
한 조각 구름처럼
아무 매인 곳 없이
내가 님을 뵈옵도록
끝까지
나를 밀어내는
바람이 있어

나는
홀로 가도
외롭지 않네

가신 이에게

— 글라라 수녀님께

"내가 잘못한 일
나로 인해 서운한 일 있으면
모두 모두 용서해줄 거제?
먼 길 떠나기가 와 이리 힘드노"
하시던 수녀님

오랜 병고로
누구보다 괴롭고 고독했던
수도 여정을 끝까지
기도와 유머로 이어오신 수녀님
이젠 지상에서의 삶을 끝내시고
숨을 거두셨다구요?
그래서 하얀 홑이불에 싸인 채
병원에서 집으로 오셨군요

연도를 드리다 말고
수녀님 쓰시던 성당 자리에서
책을 치우고
침방에서 옷가지며
신발을 정리하는데

어느새 곁에 와서
말을 건네시는 수녀님

"내 들꽃 좋아하는 것 알제?
내가 좋아하는 가을길을 걸어서
꽃의 고향으로 왔으니 너무
슬퍼하지 말거래이……
이젠 나도 편히 쉴란다"

빈 방에서
―윤엘리사벳 수녀님을 기억하며

오래오래 앓던 이가
마침내 숨을 거두고
실려 나간 빈 방엔
햇살 한 줌
무심히 가득하다

웃음과 눈물과
기도로 행복했던
그의 목소리가
아직도 흰 벽에
살아 숨쉬는데

그는 이제
없다고 한다
다시는 돌아오지 않는다고 한다
땅 속에서 그는
문득 이 방이 그립진 않을까

하얀 장미도
차갑게 시들었다

주인 없는 휠체어도
내내 시무룩하다

지상에
남은 사람이 할 일은
그가 남긴 말처럼
작은 일에 충실하며
마음을 맑게 하는 것뿐
살면서 쌓이는 욕심을 비우고
존재 자체로 빈 방이 되는 것뿐……

하관

삶의 의무를
다 끝낸
겸허한 마침표 하나가
네모 난 상자에 누워
천천히
땅 밑으로 내려가네

이승에서 못다 한 이야기
못다 한 사랑
대신 하라 이르며
영원히 눈감은
우리 가운데의 한 사람

흙을 뿌리며
꽃을 던지며
울음을 삼키는
남은 이들 곁에
바람은 침묵하고
새들은 조용하네

더 깊이, 더 낮게
홀로 내려가야 하는
고독한 작별인사

흙빛의 차디찬 침묵 사이로
언뜻 스쳐가는
우리 모두의 죽음

한평생 기도하며 살았기에
눈물도 성수처럼 맑을 수 있던
노수녀의 마지막 미소가
우리 가슴속에
하얀 구름으로 뜨네

침묵

맑고 깊으면
차가워도 아름답네

침묵이란 우물 앞에
혼자 서보자

자꾸자꾸 안을 들여다보면
먼 길 돌아 집으로 온
나의 웃음소리도 들리고

이끼 낀 돌층계에서
오래오래 나를 기다려온
하느님의 기쁨도 찰랑이고

"잘못 쓴 시간들은
사랑으로 고치면 돼요"
속삭이는 이웃들이
내게 먼저
화해의 손을 내밀고
고마움에 할 말을 잊은

나의 눈물도
동그랗게 반짝이네

말을 많이 해서
죄를 많이 지었던 날들
잠시 잊어버리고
맑음으로 맑음으로
깊어지고 싶으면
오늘도 고요히
침묵이란 우물 앞에 서자

침묵 일기

오늘은
향나무를
전지했습니다

밑동이 잘리면서
향기 더욱 진동하는
한 그루 나무처럼
잎만 무성한 말의 가지
잘라내어
늘 향기로운 삶을
살고 싶다고
향나무 연필 깎아
일기에 적습니다

말을 많이 해서
나도 모르게 금이 간
내 마음의 유리창을
이제사 침묵으로
갈아 끼우면서
왠지 눈물이 나려 합니다

살아오면서
무수히 쏟아버린
내 사랑의 말들이
거짓은 아니었어도
부끄럽고 부끄럽습니다

오늘만이라도
잠시 벙어리가 되어
고요한 눈길
안으로만 모으고

말없이 기도하고
말없이 사랑하고
말없이 용서하면서
한결 맑아진 떳떳함으로
행복해지고 싶습니다
언젠가는
가장 온전한 집 한 채로
땅 위에 누울 그날까지
겸손한 한 채의 사랑방으로

억울해도 변명을 모르는
자그만 침묵의 집 한 채로
당신 곁에 머물고 싶습니다

강으로 살아 흐르는 시인이여

인도의 강가에서 태어나
강과 같은 시를 쓰고
인도인과 세계인의 가슴속에
아름답고 따뜻한 강으로
살아 흐르는 시인이여
인간은 흐르기를 그치지 않는
하나의 강이라고 말했던 시인이여

오래된 친구처럼
편안하면서도 늘 새로우며
극히 평범한 것에도
늘 감동을 받는다던 당신은
신과 인간, 자연과 예술을
진심으로 사랑한 시인이었으며
진리를 위해 고뇌한 구도자
철학자, 사상가, 작곡가, 화가
연극인이었습니다

당신이 이 세상을 떠나고
4년 후에 태어난 저는

소녀 시절 처음으로《기탄잘리》
《원정》《초승달》을 읽고
시인과 구도자의 삶을 꿈꾸었으며
"내 마음이여, 고요해다오
이 커다란 나무들은 기도인 것을"
"별들은 자기네가 반딧불로 잘못
보이지나 않으까 걱정하진 않는다"는
당신의 말을 늘 짧은 기도처럼
외우며 어른이 되었습니다

이제 당신이 태어난 생가에서
당신의 숨결을 느껴보고
당신이 세우신 숲속의 대학
나무 그늘에서
당신의 시를 큰 소리로 외우는
나무 같은 학생들을 만나며
당신의 푸른 미소를 봅니다

《기탄잘리》를 쓰셨던 아담한 집
마루 끝에 앉아보고

연극할 때 입으시던 낡은 옷을
손끝으로 조심스레 만져보며
깊고 어진 눈빛의 당신이
제 옆에서 기침하는 소리를
듣습니다

"어머니, 꽃은 땅속의 학교에
다니지요. 꽃은 문을 닫고
수업을 받는 거지요."
당신이 산책을 했을 정원에서
〈꽃의 정원〉을 외워보고
아름다운 바닷가를 거닐며
어린이 같은 마음으로
당신의 시 속에서 뛰어놉니다
"끝없는 세계의 바닷가에
어린이들의 커다란 모임이 있다"는
그 목소리를 듣습니다

급변하는 현대의 물질 문명에
사람들 마음이 미혹당해

선과 평화의 사랑을 잃어버릴까
두려워하고 괴로워했던 당신
위대한 일을 하면서도
숨고 싶어하며
일상의 작은 의무에 대한 충실성과
평범한 인간으로서의 평범한 삶을
끊임없이 예찬하고 동경했던 당신

비난과 오해의 폭풍에도
의연함을 잃지 않는
고독의 강이었던 시인이여
이제 당신은
겸허하고, 거룩한 목소리로
이 땅의 모든 시인을 부르십니다

항상 깨어 있는 정신으로
매일의 삶 자체를 사랑과
기도의 시가 되게 했던 당신은
우리도 강이 되라 하십니다

세계와 인류를 향해
사랑과 평화의 흐름을 멈추지 않는
길고 긴 시의 강
슬픔 속에서도 웃음을 잃지 않는
살아 있는 강이 되라 하십니다

새롭게 불러보는 당신 이름은

— 최양업 신부님께, 1999년 9월

"······우리는 이 모든 쓰라림을
하느님을 위해 참습니다
우리의 희망이시며 우리의 원의이시니
우리는 그분 안에서 살고 죽습니다······"
라고 눈물로 고백하신 신부님

신발이 해지고 육신이 해지도록
밤낮없이 산과 산을 넘어
그리스도의 복음을 전하시다가
마침내는 그대로 산이 되어
우리를 지켜주시는 분
길이신 그리스도를 따라
길 위에서 사시다가
길에서 세상을 떠나신
한국 교회의 두번째 신부님

스물세 살에 서품을 받으시고
마흔 살에 이승을 하직하실 때까지
당신의 17년은 바다에서 표류하는
한 척의 배와도 같았습니다

"만일 제가 당신 분노의 원인이라면
저를 바닷속에 던져주시고
당신 종들의 참상을 불쌍히 여기소서"
라고 겸손한 열정으로 탄원하신 신부님
당신의 탄생 178주년을 맞아
새롭게 불러보는 당신 이름은
미지근한 우리 마음에
뜨거운 불꽃으로 타오릅니다

어린 시절부터
깊은 믿음에 뿌리를 박고
완덕에 대한 갈망을
한순간도 놓치지 않은
거룩한 사제이신 당신 앞에서

작은 바람만 불어도
이내 믿음이 흔들리는
우리의 모습을 부끄러워합니다

단숨에 목을 베는 칼날보다

더 길고 오랜 고통의 칼을
한결같은 인내로 받아 안아
숨은 순교자로 묻히신 당신이야말로
대대로 빛나는 별이며 성인이심을
이제 저희는 확실히 압니다

삶은 끝까지 견디는 믿음임을
사랑은 죽음보다 강한 힘임을
당신의 삶을 통해 알아들으며
당신을 사무치게 그리워합니다
진리에 대한 목마름으로
깨어 살고 싶은 영적 갈망을
우리도 새롭게 지녀봅니다

"모든 사람들이 저에게서 떠나고
작은 방에 외톨이로 남아 있습니다만
하느님과 홀로 있기가 소원입니다"
하신 당신의 목소리를 들으며
바쁜 가운데도 평온할 수 있는
내적 고요를 배웁니다

박해의 시련 중에서도
희망의 돛을 달아 띄운
당신의 편지들은 수백 년이 지나도
빛바래지 않은 생명의 언어로 살아
오늘도 우리를 회심의 길로 재촉합니다

삶은 충실히 땅 위에 두고
마음은 하늘을 향해 있던 당신처럼
우리도 그리스도께 희망을 두는
그리스도의 사람들이 되게 해주십시오
당신처럼 주님과 교회와 이웃을 위해
목숨 바치는 이들이 되도록 도와주시고
늘 푸른 산으로 곁에 계셔주십시오

편지
— 대모님께

"눈은 볼수록 만족지 않고
귀는 들을수록 부족을 느낀다"는
책 속의 말을
요즘은 더 자주 기억합니다

진정
눈과 귀를
깨끗하게 지키며
절제 있는 삶을 살기는
어려운 일이라고
시대 탓을 해야 할까요

집착을 버릴수록 맑아지고
욕심을 버릴수록 자유로움을
모르지 않으면서
왜 스스로를
하찮은 것에 옭아매는지
왜 그토록 많은 것을
보고 듣고 말하려고 하는지
오늘은 숲속에 앉아

수평선을 바라보며
생각하고 또 생각했습니다
하늘에 떠다니는 흰구름처럼
단순하고 부드럽고
자유로운 삶을 그리워했습니다
저도 그분의 흰구름이 되도록
꼭 기도해주십시오, 대모님

나를 위로하는 날

가끔은 아주 가끔은
내가 나를 위로할 필요가 있네

큰일 아닌데도
세상이 끝난 것 같은
죽음을 맛볼 때

남에겐 채 드러나지 않은
나의 허물과 약점들이
나를 잠 못 들게 하고

누구에게도 얼굴을
보이고 싶지 않은 부끄러움에
문 닫고 숨고 싶을 때

괜찮아 괜찮아
힘을 내라구
이제부터 잘하면 되잖아

조금은 계면쩍지만

내가 나를 위로하며
조용히
거울 앞에 설 때가 있네

내가 나에게 조금 더
따뜻하고 너그러워지는
동그란 마음
활짝 웃어주는 마음

남에게 주기 전에
내가 나에게 먼저 주는
위로의 선물이라네

겸손

자기 도취의
부패를 막아주는
겸손은
하얀 소금

욕심을 버릴수록
숨어서도 빛나는
눈부신 소금이네

'그래
사랑하면 됐지
바보가 되면 어때'

결 고운 소금으로
아침마다 마음을 닦고
또 하루의 길을 가네
짜디짠 기도를 바치네

무시당해도 묵묵하고
부서져도 두렵지 않은

겸손은
하얀 소금

어떤 후회

물건이든
마음이든
무조건 주는 걸 좋아했고
남에게 주는 기쁨 모여야만
행복이 된다고 생각했어

어느 날 곰곰 생각해보니
꼭 그렇지만은 아닌 것 같더라구

주지 않고는 못 견디는
그 습성이
일종의 강박관념으로
자신을 구속하고
다른 이를 불편하게 함을
부끄럽게 깨달았어

주는 일에 숨어 따르는
허영과 자만심을
경계하라던 그대의 말을
다시 기억했어

146

남을 떠먹이는 일에
밤낮으로 바쁘기 전에
자신도 떠먹일 줄 아는 지혜와
용기를 지녀야 한다던 그대의 말을
처음으로 진지하게 기억했어

별 예수

살아오는 동안
참으로
많은 꿈을 꾸었네

꿈길에서도 언제나
길을 찾았네

나의 길을 밝혀줄
별 하나 있어
무작정 설레임 속에
달려온 길

이 길이 때로
눈물의 길인 것도
숨이 찬 것도 잊어버리니
어느새
집에 이르렀네

목적지에 도착해서도
다시 길을 찾는

나는 누구일까
별을 바로 곁에 두고도
다시 별을 찾는
나는 누구일까

묻기도 전에
빛나는 그리움으로 와서
내 가슴에 깊이 박히는
예수 별 별 예수

난 이제 어둠 속에서도
두려움 없이 타버릴
준비를 해야 하네

달빛 인사

달을 닮은 사람들이
달 속에서 웃고 있네요

티없는 사랑으로
죄를 덮어주는
어머니 같은 달빛

잊을 것은 잊고
순하게 살아가라
조용히 재촉하는
언니 같은 달빛

슬픈 이들에겐
눈물 어린 위로를 보내는
친구 같은 달빛

하늘도
땅도
오늘은 온통
둥근 기도로 출렁이네요

환한 보름달을
환한 마음으로 바라보면서
지금껏 내가 만난
모든 사람들에게
달빛 인사를 건네는
추석날 밤

그리움이 꽉 차서
자꾸 터질 것만 같네요
나도 달이 되네요

홀로 있는 시간

홀로 있는 시간은
쓸쓸하지만 아름다운
호수가 된다
바쁘다고 밀쳐두었던 나 속의 나를
조용히 들여다볼 수 있으므로
여럿 속에 있을 땐
미처 되새기지 못했던
삶의 깊이와 무게를
고독 속에 헤아려볼 수 있으므로
내가 해야 할 일
안 해야 할 일 분별하며
내밀한 양심의 소리에
더 깊이 귀기울일 수 있으므로
그래
혼자 있는 시간이야말로
내가 나를 돌보는 시간
여럿 속의 삶을
더 잘 살아내기 위해
고독 속에
나를 길들이는 시간이다

겨울

어서 잊을 것은 잊고
용서할 것은 용서하며
그리운 이들을 만나야겠어요

사라지는 침묵 속에서

꽃이 질 때
노을이 질 때
사람의 목숨이 질 때

우리는 깊은 슬픔 중에도
삶을 이해하고 받아들이는
지혜를 배우고
이웃을 용서하는
겸손을 배우네

노래 부를 수 없고
웃을 수 없는 침묵 속에서
처음으로 진지하게
기도를 배우고
자신의 모습을 깊이 들여다보는
진실을 배우네

모든 것이 사라지는
고요하고 고요한 찰나에
더디 깨우치는
아름다운 우매함이여

가난한 새의 기도

꼭 필요한 만큼만 먹고
필요한 만큼만 둥지를 틀며
욕심을 부리지 않는 새처럼
당신의 하늘을 날게 해주십시오

가진 것 없어도
맑고 밝은 웃음으로
기쁨의 깃을 치며
오늘을 살게 해주십시오

예측할 수 없는 위험을 무릅쓰고
먼 길을 떠나는 철새의 당당함으로
텅 빈 하늘을 나는
고독과 자유를 맛보게 해주십시오

오직 사랑 하나로
눈물 속에도 기쁨이 넘쳐날
서원의 삶에
햇살로 넘쳐오는 축복

나의 선택은
가난을 위한 가난이 아니라
사랑을 위한 가난이기에
모든 것 버리고도
넉넉할 수 있음이니

내 삶의 하늘에 떠다니는
흰구름의 평화여

날마다 새가 되어
새로이 떠나려는 내게
더 이상
무게가 주는 슬픔은 없습니다

어떤 죽은이의 말

이제
난 어디에도 없다

사랑하는 너의 가슴속에
한 점 추억으로 박혀 있을 뿐
다시는 네게 갈 수가 없다

숨가쁘던 고통의 절정에서
아래로 아래로
절대 침묵으로 분해되어
떠나온 나

그래도 사라지지 않았다고
너는 믿고 싶겠지

먼저 가서 미안하다고
안녕이라고
말할 틈도 없이 왔지만
너무 원망하지 말아다오

세월이 가도
멈추지 않는 너의 슬픔은
나에게도 괴로움이야

힘들더라도 이젠
나를 잊어야지

나를 놓아주어야
나도 편히 쉴 수 있을 것 같아

진정 사랑했어, 너를
지금도 이것이
나의 마지막 말이야

빈 들에서

많은 생명을 낳아 키워
멀리 떠나 보내고
지금은 다시 길게 누워
몸을 뒤집는 밭
봄을 기다리는 땅

오랜만에
하늘 보며 비어 있으니
하느님의 기침소리도
더 가까이 들린다 하네

빈 들에서 그분은
사랑을 속삭인다지

빈 들에서 처음 듣는
순교자의 울음 같은
저 바람소리

일어나라 일어나라
살아서도 죽어 있는
나의 잠을 깨우네

어린 왕자를 생각하며

날마다
해질녘이며
"나는 외롭다"고 칭얼대는
어린 왕자의 쓸쓸한 목소리가 들립니다

별이 뜨면
가장 아름다운 어린 왕자 얘기를
우리에게 남겨놓고
어느 날 마흔네 살의 나이에 하늘나라로 사라진
별 아저씨, 당신을 기억합니다

《어린 왕자》에서 이야기하는
'마음으로 보는 법'을
'길들이는 법'을
날마다 새롭게 깨우치며
우리는 이제 모든 만남에서
설레임의 별을 안고 삽니다

올해는 아저씨의 '탄생 94주년'
비행기 타고 간 하늘길에서의 '실종 50주년'

각종 기념행사와 추모미사가
프랑스에서 열린다는데
신문은 당신을 '사라진 어린 왕자'로
대서특필하였습니다

《어린 왕자》를 읽은 모든 사람들은
의좋은 형제자매가 되어
만난 일도 없는 당신을
따뜻한 마음으로 그리워합니다

"수녀님, 어린 왕자의 촌수로 따지면
우리는 친구입니다"
한국어 번역판 머리글을
눈물나도록 아름답게 쓴 어느 스님이
어느 날 제게 써 보냈던 이 말은
항상 반짝이는 별로
제 가슴에 남아 있습니다

잠시 다니러 온 지구 여행을 마치고
다시 제자리로 돌아가기 위해

멋있게 작별할 줄 알았던
어린 왕자의 그 순결한 영혼과
책임성 있는 결단력을 사랑합니다

사라져도 슬프지 않은
별이 되기 위해서도
우리는 오늘 이 순간을 놓치지 말고
사랑으로 길들이며
사랑 속에 살아야겠지요?

우리에게 《어린 왕자》를 낳아주고
홀연히 하늘 저쪽으로 사라져갔던
별 아저씨,
눈이 푸른 아저씨, 고맙습니다
이제 보니 당신은 죽은 게 아니군요
어린 왕자를 닮고 싶은
우리의 영혼 속에
당신은 별 아저씨로 새롭게 태어나
속삭이는군요
"아주 간단한 거야
잘 보려면 마음으로 보아야 해"

들음의 길 위에서

어제보다는
좀더 잘 들으라고
저희에게 또 한 번
새날의 창문을
열어주시는 주님

자신의 안뜰을
고요히 들여다보기보다는
항상 바깥일에 바삐 쫓기며
많은 말을 하고 매일을 살아가는 모습
듣는 일에는 정성이 부족한 채
'대충' '건성' '빨리' 해치우려는
저희의 모습을 자주 보게 됩니다

가장 가까운 이들끼리
정을 나누는 자리에서도
상대방의 말을 주위 깊게 듣기보다는
각자의 생각에 빠져
자기 말만 되풀이하느라
참된 대화가 되지 못하고

독백으로 머무를 때도 많습니다

― 우린 참 들을 줄 몰라
― 왜 이리 참을성이 없지?
― 같은 말을 쓰면서도 통교가 안 되다니

잘 듣지 못함을 반성하고 나서도
돌아서면 이내 무디어지는
저희의 어리석음과 습관적인 잘못은
언제야 끝이 날까요

정확히 듣지 못해
약속이 어긋나고
감정과 편견에 치우쳐
오해가 깊어질 때마다
사람들은 저마다 쓸쓸함을 삼키는
외딴 섬으로 서게 됩니다

잘 들어야만 사랑이 이루어짐을
들음의 삶으로써 보여주신 주님

오늘도 아침의 나팔꽃처럼
확짝 열린 가슴과 귀로
저희가 진정
주님의 말씀을 잘 듣게 하여 주소서
언어로 몸짓으로 마음으로
자신을 표현하는 이웃의 언어에
민감히 귀기울일 줄 알게 하소서

말하기 전에
듣기를 먼저 배우는
겸손한 어린이의 모습으로
현재의 순간이 마지막인 듯이
성실을 다하는 수행자의 모습으로
들음의 여정을 다시 시작하는
들음의 사람이 되게 하소서

잘 들어서
지혜 더욱 밝아지고
잘 들어서
사랑 또한 깊어지는 복된 사람

평범하지만 들꽃 향기 풍기는
아름다운 들음의 사람이 되게 하소서

마지막 기도

이제
남은 것은
아무것도 없다

두고 갈 것도 없고
가져갈 것도 없는
가벼운 충만함이여

헛되고 헛된 욕심이
나를 다시 휘감기 전
어서 떠날 준비를 해야지

땅 밑으로 흐르는
한 방울의 물이기보다
하늘에 숨어 사는
한 송이의 흰구름이고 싶은
마지막 소망도 접어두리

숨이 멎어가는
마지막 고통 속에서도

눈을 감으면
희미한 빛 속에 길이 열리고
등불을 든 나의 사랑은
흰옷을 입고 마중나오리라

어떻게 웃을까
고통 속에도 설레이는
나의 마지막 기도를
그이는 들으실까

어떤 이별인사

1
오랜 시간 병고에 시달리던
나의 남편이
세상을 떠나기 전
이렇게 말했답니다

"여보, 먼저 가게 돼서 미안한데……
이번엔 내가 출장을
좀더 오래 갔다고 생각하는 거야
알았지, 응?"

그이가 가고 없는 지금
텅 빈 집을 홀로 지키며
그 말로 위로를 삼는답니다

2
갑자기 잠자리에서 세상을 떠나
나를 슬픔의 벼랑으로 몰고 간 그이가
어느 날 밤 꿈에 와서
자기가 쓰던 안경을 달라고 하더군요

그이가 쓰던 서랍을 여니
내가 잠자는 모습을
스케치해놓은 그림이 몇 개 있어
제일 잘된 그림에 그 안경을 싸서
묘지까지 가서 묻어주고 왔답니다

그는 그 안경을 쓰고
어디까지 간 걸까요?

3
우리는 결혼하고도
사이가 너무 좋아
불안하기까지 했지요

아이 둘 낳고
한참 재미있게 살 무렵
한창 젊은 나이의 그이가
암 선고를 받고
병원에 입원했을 때만 해도
다시 집으로 돌아오지 못하리라곤

생각을 못했습니다

임종하기 며칠 전
그는 갑자기
병원의 특별 허가를 받고
보석상으로 달려갔지요

예전에 약속한
다이아몬드 반지를 꼭 하나
맞춰주고 싶다고—

나는 울면서 말렸지만
소용없었습니다

이제
사람은 가고
동그랗게 빛나는
반지만 남아서
그토록 성실하고 단단했던
사랑의 추억만 남아서

나는 오늘도
그리움에 목이 메입니다

4
수녀님
정말 하느님이 계시다면
우리 그이를
그렇게 빨리 데려가실 수가 없지요

심장마비래요
이별 인사도 없이 떠난 그이는
저에게 하늘이고 생명이었어요

저의 머리까지 감겨줄 정도로
자상했던 그이를
저는 결코 잊을 수가 없는데
사람들은 어서 잊으라고 하니
모두에게 서운합니다

무슨 말이라도 해주세요

별처럼 살다간
그이의 묘비에 새길 별 같은 시 하나
기도의 말 한 마디라도
꼭 만들어 보내주세요

만난 일은 없지만
우리 그이도 생전에
수녀님의 시를 사랑했기에
이렇게 전화로 불쑥 떼를 쓴답니다
제가 울음을 못 참더라도
이해해주실 테지요?
죄 · 송 · 해 · 요, 수녀님

12월의 엽서

또 한 해가 가버린다고
한탄하며 우울해하기보다는
아직 남아 있는 시간들을
고마워하는 마음을 지니게 해주십시오

한 해 동안 받은
우정과 사랑의 선물들
저를 힘들게 했던 슬픔까지도
선한 마음으로 봉헌하며
솔방울 그려진 감사카드 한 장
사랑하는 이들에게 띄우고 싶은 12월

이제, 또 살아야지요
해야 할 일 곧잘 미루고
작은 약속을 소홀히 하며
남에게 마음 닫아 걸었던
한 해의 잘못을 뉘우치며
겸손히 길을 가야 합니다

같은 잘못 되풀이하는 제가

올해도 밉지만
후회는 깊이 하지 않으렵니다
진정 오늘밖엔 없는 것처럼
시간을 아껴쓰고
모든 이를 용서하면
그것 자체로 행복할 텐데……
이런 행복까지도 미루고 사는
저의 어리석음을 용서하십시오

보고 듣고 말할 것
너무 많아 멀미나는 세상에서
항상 깨어 살기 쉽지 않지만
눈은 순결하게
마음은 맑게 지니도록
고독해도 빛나는 노력을
계속하게 해주십시오

12월엔 묵은 달력 떼어내고
새 달력을 준비하며
조용히 말하렵니다

'가라, 옛날이여
오라, 새날이여
나를 키우는 데
모두가 필요한
고마운 시간들이여'

송년 엽서

하늘에서
별똥별 한 개 떨어지듯
나뭇잎에
바람 한 번 스쳐가듯

빨리 왔던 시간들은
빨리도 떠나가지요?

나이 들수록
시간은 더 빨리 간다고
내게 말했던 벗이여

어서 잊을 것은 잊고
용서할 것은 용서하며
그리운 이들을 만나야겠어요

목숨까지 떨어지기 전
미루지 않고 사랑하는 일
그것만이 중요하다고
내게 말했던 벗이여

눈길은 고요하게
마음은 뜨겁게
아름다운 삶을

오늘이 마지막인 듯이
충실히 살다보면

첫새벽의 기쁨이
새해에도 항상
우리 길을 밝혀주겠지요?

성탄 인사

사랑으로 갓 태어난 예수아기의
따뜻한 겸손함으로
순결한 온유함으로
가장 아름다운 인사를 나누어요, 우리
오늘은 낯선 사람이 없어요

구세주를 간절히 기다려온
세상에게
이웃에게
우리 자신에게
두 팔 크게 벌리고

가난하지만 뜨거운 마음으로
오늘만이라도
죄없는 웃음으로
엠마누엘
엠마누엘

예수아기가 누워 계셔
거룩한 집이 된 구유 앞에

우리 모두 동그란 마음으로 둘러서서
서로를 더욱 용서하고
서로를 더욱 신뢰하는
사랑의 사람으로 다시 태어나요

예수님을 닮은
평화의 사람으로 길을 가기 위해
오래오래 꺼지지 않는
등을 밝혀요, 우리
주님이 주시는 믿음의 기름을
더욱 넉넉히 준비해요, 우리

엠마누엘
엠마누엘
예수아기의 흠없는 사랑 안에
새롭게 태어나요

12월의 촛불 기도

향기 나는 소나무를 엮어
둥근 관을 만들고
4개의 초를 준비하는 12월
사랑으로 오시는 예수님을 기다리며
우리 함께 촛불을 밝혀야지요?

그리운 벗님
해마다 12월 한 달은 4주 동안
4개의 촛불을 차례로 켜고
날마다 새롭게 기다림을 배우는
한 자루의 촛불이 되어 기도합니다

첫 번째는 감사의 촛불을 켭니다
올 한 해 동안 받은 모든 은혜에 대해서
아직 이렇게 살아 있음에 대해서 감사를 드립니다
기뻤던 일, 슬펐던 일, 억울했던 일, 노여웠던 일들을
힘들었지만 모두 받아들이고 모두 견뎌왔음을
그리고 이젠 모든 것을 오히려 '유익한 체험'으로
다시 알아듣게 됨을 감사드리면서
촛불 속에 환히 웃는 저를 봅니다

비행기 테러로 폭파된 한 건물에서
먼지를 뒤집어쓴 채 뛰어나오며
행인들에게 소리치던 어느 생존자의 간절한 외침
"여러분 이렇게 살아 있음을 감사하세요!" 하는
그 젖은 목소리도 들려옵니다

두 번째는 참회의 촛불을 켭니다
말로만 용서하고 마음으로 용서 못한 적이 많은
저의 옹졸함을 부끄러워합니다
말로만 기도하고 마음은 다른 곳을 헤매거나
일상의 삶 자체를 기도로 승화시키지 못한
저의 게으름과 불충실을 부끄러워합니다
늘상 섬김과 나눔의 삶을 부르짖으면서도
하찮은 일에서조차 고집을 꺾지 않으며
교만하고 이기적으로 행동했던 날들을
뉘우치고 뉘우치면서
촛불 속에 녹아 흐르는
저의 눈물을 봅니다

세 번째는 평화의 촛불을 켭니다

세계의 평화
나라의 평화
가정의 평화를 기원하면서 촛불을 켜면
이 세상 사람들이 가까운 촛불로 펄럭입니다
사소한 일에서도 양보하는 법을 배우고
선과 온유함으로 사람을 대하는
평화의 길이 되겠다고 다짐하면서
촛불 속에 빛을 내는
저의 단단한 꿈을 봅니다

네 번째는 희망의 촛불을 켭니다
한 해가 왜 이리 빠를까?
한숨을 쉬다가
또 새로운 한 해가 오네
반가워하면서
다시 시작하는 설렘으로 희망의 노래를
힘찬 목소리로 부르렵니다

겸손히 불러야만 오는 희망
꾸준히 갈고 닦아야만 선물이 되는 희망을

더 깊이 끌어안으며
촛불 속에 춤추는 저를 봅니다

사랑하는 벗님
성서를 읽으며 기도하고 싶을 때
좋은 책을 읽거나 글을 쓸 때
마음을 가다듬고 촛불을 켜세요
하느님과 이웃에게 깊이 감사하고 싶은데
적당한 말이 떠오르지 않을 때
촛불을 켜고 기도하세요
마음이 불안하고 답답하고 힘들 때
촛불을 켜고 기도하세요

촛불 속으로 열리는 빛을 따라
변함없이 따스한 우정을 나누며
또 한 해를 보낸 길에서
또 한 해의 길을 달려갈 준비를
우리 함께 해야겠지요?

만남의 길 위에서

세상에 살아 있는 동안
제가 아직 주님을 만나지 못했다면
다른 사람들과의 만남 또한
아름다운 축복이며 의미 있는 선물로
이어지지 못했을 것입니다

진정 당신과의 만남으로
저의 삶은 새로운 노래로 피어 오르며
이웃과의 만남이 피워 내는 새로운 꽃들이
저의 정원에 가득함을 감사드립니다

만남의 길 위에서
가장 곁에 있는 저의 가족들을 사랑하고
멀리 있어도 마음으로 함께하는
벗과 친지들을 그리워하며
저의 편견과 불친절과 무관심으로
어느새 멀어져 간 이웃들을
뉘우침의 눈물 속에 기억합니다

깊게 뿌리내리는 만남이든지

가볍게 스쳐 지나가는 만남이든지
모든 만남은 제 자신을
정직하게 비추어주는 거울이 되며
인생의 사계절을 가르쳐주는 지혜서입니다

사람들의 서로 다른 모습들만큼이나
다양하게 열려오는 만남의 길 위에서
사랑과 인내와 정성을 다하신 주님
나무랄 데 없는 의인뿐 아니라
가장 멸시받는 죄인들에게조차
성급한 판단과 처벌의 돌팔매질보다는
자비와 연민으로 다가가셨던 주님

당신의 그 모습을 생각하면
사랑하는 일에서도
늘 계산이 앞서고
까다롭게 따지려드는
저의 옹졸함이 너무도 부끄럽습니다

습관적으로 남을 먼저 판단하고

늘상 이웃 사랑을 강조하면서도
실제로는 이기적인 태도로
슬픔과 상처를 이웃에게 더 많이 주었으며
용서하는 일에는 굼뜨기 그지없었음을 용서하십시오

때로는 만남에서 오는 축복보다
작은 근심과 두려움을 더 많이 헤아리며
남을 의심하는 겁쟁이임을 용서하십시오

앞으로도 멀리 가야 할 만남의 길 위에서
저의 비겁한 경계심을 무너뜨리고
당신처럼 겸허하고 자유로운
기쁨의 순례자가 되게 해주십시오

반갑고 기쁘게 다가오는 만남뿐 아니라
성가시고 부담스런 만남까지도
사랑으로 승화시킬 수 있는
깊고 높은 지혜와 용기를 주십시오

저는 비록 완벽하지 못한 사람이지만

사람을 사랑할 줄 아는 좋은 사람으로
좋은 만남을 이루며 살고 싶습니다

많이 사랑할수록 더 맑게 흐르는
주님의 바다를 향해
저도 이웃을 더 많이 사랑하며
쉬임 없이 흘러가는
작지만 아름다운 시냇물이 되고 싶습니다

후회

내일은
나에게 없다고 생각하며
오늘이 마지막인 듯이
모든 것을 정리해야지

사람들에겐
해지기 전에
한 톨 미움도
남겨두지 말아야지

찾아오는 이들에겐
항상 처음인 듯
지극한 사랑으로 대해야지

잠은 줄이고
기도 시간을
늘려야지

늘 결심만 하다
끝나는 게

벌써 몇 년째인지

또
하루가 가고
한숨 쉬는 어리석음

후회하고도
거듭나지 못하는
나의 미련함이여

묘지에서

욕심을 다 벗어버린
하얀 뼈들이 누워 있는
이 침묵의 나라에 오면
쓸쓸하고 평화롭다

지워지지 않는 슬픔을
한 묶음의 들꽃으로 들고와
인사하는 이들에게
죽은 이들은 땅 속에서
어떤 기도로
응답하는 것일까

돌에 새겨진 많은 이름들
유족들이 새긴 이별의 말들
다시 읽어보며
나는 문득
누군가 꽃을 들고 찾아올
미래의 내 무덤을 생각해본다
그때 나는 비로소
하얗게 타버린

한 편의 시가 되어 누워 있을까

사랑하는 이들로부터
잊혀지는 슬픔에서조차
해방될 수 있는 가벼움으로
하얗게 삭아내릴까

자꾸만 뒤를 돌아보며
내려오는 길
하늘엔 노을이 곱고
내 마음엔
이승의 슬픔을 넘어선
고요한 평화가
흰 구름으로 깔려 있다

섬에서

나로부터
사람들로부터
잠시 비켜 있으려고
여기 왔습니다

비겁하게
도망친 것은 아니고
즐겁게 숨었지요

절대 침묵으로
사랑하는 일이
아직은 힘들지만
여기서 배우겠습니다

다시
뭍으로 나가기 위해
바위로 엎디어 있으렵니다
바위 끝에 부서져서
눈물을 노래로 일으키는
파도가 되렵니다

영혼의 순결한 밥과 국

정호승(시인)

기도는 마음의 집이자 길이다. 기도는 그 집의 창가에 어리는 햇살이며, 그 길에 피어난 꽃이다. 우리는 단 하루도 기도 없이는 살 수 없다. 기도는 우리가 먹는 영혼의 순결한 밥이며 국이다. 우리는 아침에 그 기도의 밥을 먹고 길을 가고, 저녁에 그 기도의 국을 먹고 잠이 든다. 우리가 오늘도 건강한 삶을 영위하는 것은 바로 그 기도의 집에서 살기 때문이다.

그런데 곰곰 생각해보면 내 기도의 집은 너무나 낡고 허물어져 있어 부끄럽다. 기왓장이 깨어지고 대들보가 무너질 듯하고 마당엔 풀들이 무성하다. 평소에 기도하는 삶을 살지 않은 탓으로 뒤뜰에 서 있는 감나무에도 새 한 마리 날아와 앉지 않는다. 말하기 부끄럽지만 마치 폐가와 같아 마음 둘 바를 모르겠다.

그러나 '다른 옷은 입을 수가 없는' 해인 수녀의 기도의 집은 그렇지 않다. 대문 앞에는 자두나무가 한 그루 서 있고, 싸리나무 울타리 너머로 바다의 수평선이 보인다. 마당엔 두레박이 걸쳐진 맑은 우물이 있고, 우물 속으론 간간이 흰구름이 흐른다. 신을 벗고 방안으로 들어가면 바다를 향한 창이 먼저 눈에 들어오고, 작은 앉은뱅이 나무책상 위에 고요히 성모상이 하나 놓여 있다. 그리고 밤이면 창 너머로 별이 빛난다.

나는 해인 수녀의 창을 통하여 밤하늘을 올려다본다. 해인 수녀의 창은 언제나 천상을 향해 열려 있으면서 동시에 가난한 이웃들이 사는 지상의 들판을 향해 열려 있는 위안의 창이다.

"당신을 사랑합니다."
이것이 우리가 당신께 드리는
처음과 끝의 가장 소박하고 진실한
기도이게 하소서

해인 수녀는 언젠가 자신의 기도의 집에 대해 이렇게 노래한 적이 있다. 아마 해인 수녀의 기도의 집 대문 앞에는 문패 대신 이 기도문이 적혀 있을 것이다. 우리는 이 기도문을 통해 해인 수녀가 왜 다른 옷을 입을 수 없는지 잘 알 수 있을 것이다. 그리고 그 집의 다락방에 붙어 있는 다음과 같은 시도 읽어볼 수 있을 것이다.

뜻없이 외우는 기도보다는
슬픔도 괴로움도 견디면서

들풀처럼 열심히
오늘을 살아내는 일이
더 힘찬 기도가 된다고
　　　　— 〈집을 위한 노래〉에서

　이 시를 읽으면 다락방에 무릎을 꿇고 앉아 들판을 바라보며 기도하는 해인 수녀의 모습이 보인다. 열심히 사는 지상에서의 삶을 통해서만이 평화로운 천상의 삶에 다다를 수 있다는 그녀의 기도의 음성이 귀에 들린다.

　그렇다. 기도는 우리들 삶의 근원이다. 생명의 물과 빛이다. 내 경우만 해도 지금까지 내 삶을 지탱해준 것은 바로 기도이다. 그것도 어머니의 기도이다. 어머니는 단 하루도 나를 위해 기도하지 않으신 적이 없다. 나는 아직도 어머니의 기도의 밥을 먹고 자란다. 내가 여러 가지 잘못된 탐욕의 길을 가고 싶어도 어머니의 기도의 음성은 내 발목을 잡는다. 내가 고통을 견디지 못하고 어느 골목길을 지나다가 그대로 무릎을 꺾고 주저앉아버렸을 때 내 무릎을 다시 일으켜 세워준 것도 어머니의 기도이며, 내가 외로움 가운데서 시를 쓸 때 내 가슴을 한없이 쓰다듬어준 것도 바로 어머니의 기도의 손이다.

　어머니의 기도는 내 인생의 따뜻한 손길이며 또한 회초리다. 어머니의 기도 속에는 눈물이 있고 위안이 있다. 우리는 누구나 어머니의 기도의 힘과 향기로 오늘을 살고 있다. 다만 우리가 그것을 받지 못할 뿐, 어머니는 그 재산을 우리들에게 아낌없이 나눠주신다.

해인 수녀의 기도시집에는 이러한 어머니의 기도하는 마음이 내재돼 있다. 해인 수녀는 우리가 제대로 나눠받지 못하는 어머니의 기도를 우리들에게 나누어준다. 해인 수녀는 이번 시집에서 우리들 어머니의 기도를 대신해준다. 그래도 이 세상이 아름다운 건 해인 수녀의 정성어린 기도 덕분이다.

해인 수녀의 기도 속에는 인간의 마음의 무늬가 찬란하고 고요하다. 그녀의 기도는 감사의 기도이자 침묵의 기도이며, 위안의 기도이자 눈물의 기도이며, 사랑의 기도이자 용서의 기도이며, 겸손의 기도이자 존재의 기도이다.

그는 "적어도 하루에/여섯 번은 감사하자고/예쁜 공책에 적었다"(〈어떤 기도〉)라고 할 만큼 감사의 기도를 드리고 있으며, "내 몸에 내 혼에/푸른 물이 깊이 들어/이제/다른 옷은/입을 수가 없"(〈다른 옷은 입을 수가 없네〉)다고 고백하고 있다.

"절대 침묵으로/사랑하는 일이/아직은 힘들지만/여기서 배우겠"(〈섬에서〉)다고 하면서 침묵의 기도를 올리기도 하고, "짜디짠 소금물로/내 안에 출렁이는/나의 하느님/(중략)// 당신을 보면/내가 살고 싶습니다/당신을 보면/내가 죽고 싶습니다// 가까운 이들에게조차/당신을 맛보게 하는 일이/하도 어려워/살아갈수록 나의 기도는/소금맛을 잃어"(〈바다에서 쓴 편지〉)간다고 노래하면서 하느님을 향한 헌양의 기도를 올리기도 한다.

누구든 기도가 없는 이의 마음은 황폐하다. 누구든 기도를 할 줄 모르는 이의 마음에서는 서서히 오염된 강물 썩어가는 냄새가 난다. 해인 수녀의 이 기도집은 기도가 없는 이들을 대신한 눈물의 기도문이며, 기도할 줄 모르는 아들의 마음을 쓰다듬어주는 어머니의 기도서이다.

우리가 이 세상을 살아가다가 마음이 가난해 간절히 기도하고 싶을 때, 누구든 이 시집을 펼쳐도 좋다. 우리가 이 세상을 살아가다가 어떻게 기도해야 좋을지 모를 때 이 시집을 펼쳐서 마음으로 읽으면 그것이 바로 우리의 기도다. 짧은 기도가 하늘에 닿는다면 이 시집의 짧은 시 한 구절이 바로 당신의 가난한 마음을 구원해줄 것이다.

길을 걸으며, 이제 우리는 울고 싶을 때 더이상 울지 않아도 된다. 해인 수녀가 정성껏 기도를 통하여 우리를 위해 다 울었으므로. 이제 우리는 배가 고플 때 더이상 밥을 먹지 않아도 된다. 해인 수녀의 기도의 밥과 국을 먹고 더이상 배가 고프지 않으므로.

다른 옷은 입을 수가 없네

초   판 1쇄 발행 1999년 11월 22일
개정판 1쇄 발행 2002년 11월 18일
개정판 9쇄 발행 2020년 5월 8일

지은이 이해인
펴낸이 정중모
펴낸곳 도서출판 열림원
출판등록 1980년 5월 19일(제406-2000-000204호)
주소 경기도 파주시 회동길 152
전화 031-955-0700
팩스 031-955-0661
홈페이지 www.yolimwon.com
이메일 editor@yolimwon.com
인스타그램 @yolimwon

* 책값은 뒤표지에 있습니다.

ISBN 978-89-7063-821-8 03810